방황하는 여린 사랑에게

2026년 봄

백은별

나의 사탄

나의 사탄

위즈덤하우스

백은별

차례

나의 사탄 ·· 7

작가의 말 ·· 73

백은별 작가 인터뷰 ·· 77

사랑이라는 말은 너무 무겁지 않아?

너는 늘 그랬듯 대답하기 애매한 질문을 꺼냈다. 나는 웃었고, 너는 대답을 독촉했다.

우리한테만 무거운 건 아닐까?

너는 내 대답에 수긍한 듯 고개를 끄덕였다. 나는 씁쓸한 미소를 지었다.

맞아, 우리한테만 무거운 거야. 다른 연인들은 아무렇지 않게 사랑을, 영원을 말하는데 왜 우리는.

너는 또 아무것도 모른다는 천진한

얼굴로 웃는다. 그 얼굴에 조심히 다가가 입을
맞춘다. 너의 눈이 커진다. 나는 눈을 접어
웃는다. 허리까지 내려오는 너의 머리카락을
손으로 쓸어본다. 다시 입을 맞춘다. 네가
입꼬리를 올려 웃는다.

✉

　　그녀를 처음 만난 건 독서 모임이었다.
남녀노소를 가리지 않고 모이는 소규모
모임이었으며, 매주 일요일마다 작은 책방
구석에 모여 이야기를 나눴다. 고정 멤버는
20대 후반 여자 한 명, 30대 초반 남자 한 명.
학생은 나와 또래로 보이는 남자애뿐이었다.
우리는 서로의 이름도, 정확한 나이도 몰랐다.
어느 날 모임의 주도자인 H, 그러니까 30대
초반의 남자가 내게 말했다.

오늘부터 S님 또래의 여학생이 한 명 더
올 거예요.

나는 작게 고개를 끄덕였다. 곧이어
종소리와 함께 문이 열리고, 그녀가 들어왔다.
하얀 코트와 베이지색 목도리. 흰 피부.
연갈색 머리카락.

천산가.

나도 모르게 그렇게 중얼거렸다.

목도리에 얼굴을 반쯤 파묻은 그녀는
짧게 목례하고는 들고 있던 에코백을 빈
의자에 걸었다. 많은 시선이 자신을 향하는
상황이 부담스러운지 아래로 시선을 둔 채
천천히 목도리를 풀었다.

그녀를 바라봤다. 긴 머리카락이 목도리
사이사이로 빠져나오는 걸, 긴 속눈썹이
위아래로 움직이는 걸 바라봤다. 그녀는
내 대각선에 앉았고, 우리는 눈을 마주치지

않았다. 그녀의 이니셜은 Y였다.

✉

무슨 생각 해?

고개를 들었다. 지연이었다. 나는 책을 펼쳐놓은 그대로 뒤집고는 왜냐고 물었다.

그냥, 무슨 생각 하는 거 같아서.

지연이 말했다. 나는 무언가 말하려다가 입을 닫았다. 딱히 부정할 수 없었다. 책의 활자들만 눈으로 스칠 뿐 다른 생각을 하고 있었다. 그 정도로 매력 있는 사람이었나?

별생각 안 했어.

나는 덮어둔 책을 다시 펼치며 말했다.

✉

　독서 모임이 끝나고 사람들은 제각각 흩어졌다. Y와 나는 집에 가는 방향이 같았고, 같은 지하철을 탔다. Y는 고요한 사람이었다. 철저히 책에 대한 이야기만 했고, 조금이라도 주제에서 벗어나면 입을 닫았다. O는 Y의 예쁜 외모에 마음이 간 듯 책 밖의 이야기를 꺼내려 애썼지만, Y는 그를 번번이 무시했다. Y의 말에는 늘 힘이 있었다. 짧은 말 한마디 한마디에 신념이 배어 있었고, 확고한 무언가가 담겨 있었다. 앳된 외모와는 어울리지 않는 말들만 내뱉는 Y가 흥미로웠다. 나는 한쪽 손으로 턱을 괴고 그런 Y를 바라보곤 했다. Y가 내 시선을 느꼈는지 아닌지는 별로 중요하지 않았다. 내가 그녀를 바라보고 있다는 사실이 중요했다. Y를 보며 느끼는 감정이, 그 이끌림이.

가까워지고 싶다.

강한 욕망에 사로잡혔다.

집으로 돌아가는 지하철 안, Y와 나는
문 앞에 서 있었고, Y는 늘 줄 이어폰을
꽂고 시집이나 독서 모임에서 필기한
노트를 읽었다. 이어폰은 늘 어딘가 꼬여
있었고, 노트는 닳아 있었다. 한강을 건너는
창밖에서는 눈이 내리고 있었다. 그해 겨울 두
번째 눈이었다. 첫눈은 새벽 사이 소리 소문
없이 내렸지만, 나는 그 눈이 좋은 핑곗거리가
되어줄 거란 생각에 Y에게 말을 걸었다.

첫눈인가요?

Y의 시선은 창밖으로 고정되어 있었다.
아무래도 내 목소리를 듣지 못한 듯했다. 다시
말을 걸까 입술을 달싹거릴 때쯤, Y가 나를

쳐다봤다. 그러곤 짧게 아, 소리를 내고는
이어폰을 빼고 되물었다.

첫눈이냐고요?

나는 고개를 끄덕였고, Y는 다시 눈
내리는 창밖을 바라보며 말했다.

아니요. 첫눈은 이틀 전 새벽에 내렸어요.

Y가 다시 이어폰을 꽂으려 하자, 나는
다급하게 말을 이었다.

이름이 뭐예요?

이어폰을 잡고 있던 Y의 손이 멈췄다.
실수했다 싶었다. Y에게는 조금 더 조심스럽고
신중한 접근 방식이 어울렸을 거라고
생각했다.

Y라고 불러주세요.

Y는 다시 이어폰을 꽂았다. 덜컹거리는
열차 안, 나는 문에 기대어 와이, 와이 하고
되뇌었다. 그녀의 이어폰 속에서는 어떤

음악이 흘러나오고 있을지 생각하며.

✉

이 모든 말씀과 기도를 저희를
구원하신 예수 그리스도의 이름으로 간절히
기도드립니다.

나는 두 손을 마주 잡고 고개를 숙인 뒤,
눈을 감고 속삭였다.

아멘.

목사는 기도가 끝나고 사람들이 하나둘씩
나가는 걸 지켜보고 있었다. 나는 자리에서
일어나지 못했다. 기도를 하는 내내 Y의
얼굴이 떠올랐다. 그 사람의 모든 움직임의
방식에 잠식당했다. 뭔지 모를 배덕감과
죄책감에 휩싸였다.

안 가?

지연은 먼저 자리에서 일어나 물었다.

나는 지연을 바라보며 고개를 끄덕였다.

지연은 알겠다며 먼저 나갔고, 나는 목사에게 다가갔다.

조용히 목사를 부르자 그는 나를 향해 돌아봤다. 그는 나를 '소정'이라고 불렀다. 소정이구나.

무슨 할 말이라도 있니?

나는 잠깐 뜸을 들이다 물었다.

동성애는 죄악인가요?

목사는 당황한 내색 하나 없이 웃으며 답했다.

우리는 동성애를 죄라고 부르지.

저는 죄인인가요?

나는 다시 물었다. 목사의 표정에는 약간의 변화도 없었다.

동성애를 한다면 죄인이라고 말할 수밖에

없지. 그렇다고 해서 네가 사랑받지 못하는 존재라는 뜻은 아니야. 회개하고 기도하면서 하나님의 뜻을 구하렴.

회개하고 기도하면 사랑해도 되나요?

목사는 여전히 미소를 지으며 말했다.

회개는 하나님의 뜻을 우선하겠다는 태도야.

교회 밖을 나오자 지연이 기다리고 있었다. 내가 금방 나올 걸 알고 있었다는 듯이. 지연과 나는 말없이 근처의 카페로 향했다. 적당한 창가 자리에 앉아 따뜻한 차를 시켰다. 캐모마일 차와 레몬차가 곧 나왔고, 나는 뜨거운 컵 가장자리를 만지작거리며 물었다.

너는 쭉 기독교였잖아.

지연은 캐모마일 차를 홀짝이며 고개를

작게 끄덕였다.

여자가 여자를 좋아하는 거에 대해 어떻게 생각해?

지연은 천천히 컵을 내려놓고는 턱을 괴고 음, 소리를 냈다.

우정을 헷갈리는 거 아닐까?

아무리 생각해도 사랑이라면?

지연은 의심스러운 눈으로 나를 쳐다봤다. 나는 여전히 표정 없이 지연을 바라보고 있었다.

성적 관계가 없다면 그건 우정이야.

✉

일요일이면 어김없이 교회에 갔다가 독서 모임에 갔다. 1년 가까이 이어진 루틴이었다. 서울행 지하철을 타고, 한강을 건너, 15분쯤

걸어 골목 안으로 들어가면 책방이 나온다.
문을 열고 들어서자 문에서 가장 가까운
끝자리에 Y가 앉아 있었다. 나는 잠시
망설이다가 Y와 마주 보는 대각선 자리에
앉았다.

이번 책은 인공지능에 관한 소설이었다.
인공지능에게 일자리를 빼앗긴 주인공이
바뀌어가는 세상을 담담하게 바라보는,
주제에 비해서는 다소 잔잔한 이야기였다.
모임의 주제는 단순했다. '인공지능은
인간에게 이로운가?'

H가 먼저 입을 열었다.

저는 인공지능이 인간에게 이롭다고
생각해요. 일자리가 사라지는 건 어쩔 수
없는 문제고, 우리는 인공지능 덕분에 훨씬 더
편리하게 살아가고 있잖아요. 인공지능은 더
발전해야 하고, 인간을 위해 사용되어야 해요.

나는 Y를 바라보고 있었다. Y는 한 손으로 입술을 만지며, 한 손으로는 노트에 뭔가를 적고 있었다. 그때 O가 손을 들고 말했다.

저는 전혀 다른 입장인데요. 인공지능은 인간에게 전혀 이롭지 않아요.

H가 O를 바라봤다. Y는 흘러내리는 옆머리가 불편한지 볼펜을 내려놓고 머리카락을 귀 뒤로 넘겼다. 그래도 몇 가닥은 다시 흘러내렸지만. O는 말을 이었다.

지금이 한계치 아닐까요? 여기서 더 발전하면 우리가 감당할 수 없는, 예상조차 못하는 위험이 생길 것 같아요.

저도 비슷한 생각이에요. 지금도 충분히 편리하지 않나요? 인공지능을 더 발전시키려면 먼저 인간에게 피해가 가지 않게 통제할 수 있는 기술부터 확실하게 만들어야 하지 않을까요?

L이 말하고 Y가 볼펜을 내려놨다. 노트에 머물러 있던 눈이 L을 향했다. Y가 말했다.

모든 건 양날의 검이라고 생각하는데요. 이로운 점이 있으면 당연히 안 좋은 점도 있겠죠. 하지만 단점이 두렵다고 장점까지 포기하면, 인간이 더 이상 어떻게 발전하나요?

암묵적으로 내가 말할 차례였다. Y가 약간은 지루해 보이는 눈으로 나를 쳐다보고 있었다. 내가 관찰하던 눈이 나를 바라보고 있었다. 그때 내 안에서 무언가가 꿈틀거렸다.

저는 세상이 더 이상 발전하지 않았으면 좋겠어요.

어렵사리 내뱉었다. 나도 모르게 다시 Y를 바라봤다. Y의 눈이 반짝이고 있었다.

왜죠?

Y가 물었다.

지금도 너무 많이 발전해버린 것 같아요.

문자 대신 손편지를 서로의 우체통에
집어넣고, 숫자로 된 암호로 말하던 때로
돌아가고 싶어요.

그건 너무 비효율적이잖아요.

어째서인지 내 말에 대놓고 반박하듯
말하는 Y에게 지고 싶지 않았다.

모두가 효율만 따지면 인간의 낭만은
누가 챙기나요?

Y가 작게 헛웃음을 지었다.

글쎄요. 낭만이 꼭 필요할까요?

우리가 지닌 마지막 아름다움이니까요.

Y는 미세하게 표정을 구겼다. 자신의 말이
정답에 가장 가까워야 하는 알량한 자존심이
망가진 듯했다. Y는 입모양으로 우리, 하고
중얼거리곤 더 이상 묻지 않았다.

가벼운 정리와 함께 모임이 끝났다. 짐을

싸는 동안에도 나는 후회했다. 괜한 미움을 산 건 아닐까. 그냥 Y의 말에 동의할걸 하고.

Y는 읽을 수 없는 표정으로 자리에서 일어났다. 인사도 없이 책방을 나서는 Y를 급히 따라나섰다. 책방 뒷골목까지 따라가자, 인기척을 느낀 Y가 멈춰 서고는 뒤를 돌았다. 숨을 몰래 헐떡이는 나를 향해 조금씩 다가와서 내 앞에 섰다.

왜 따라오세요?

Y가 불만 가득한 목소리로 물었다.

저희 집 같은 방향이잖아요.

딸리는 숨으로 되도 않는 변명을 했다. Y는 나를 무시하고 돌아서려다가, 다시 내 쪽을 바라보곤 물었다.

몇 살이에요?

열여덟이요.

Y가 헛웃음을 쳤다.

뭐야, 동갑이네.

그리고 Y는 다시 앞을 보고 걸었다. 나는 멍하니 그 자리에 서 있었다.

동갑이었구나.

오늘은 지하철 같이 못 타겠네.

⊠

다녀왔습니다.

작은 집에 내 목소리가 울리면, 그제야 천장부터 바닥까지 눅눅하게 차 있던 오랜 고요가 깨진다.

할머니?

방에서 이불을 뒤집어쓰고 있는 할머니의 뒷모습을 바라보며 조심스레 불러봤지만, 답은 없었다. 나는 방으로 들어가 불을 켜고 할머니 곁으로 갔다.

일어나셔야죠.

할머니가 눈을 떴다. 반쯤 감긴 눈으로 나를 가만히 바라보더니, 이내 눈물을 글썽였다.

나를 와락 안은 할머니가 떨리고 깨지는 목소리로 말했다.

불쌍한 우리 아가.

요즘따라 눈물이 많아진 할머니를 토닥였다.

왜 또 이러실까.

나는 천장을 바라보며 한숨을 크게 내쉬었다.

저녁 할게요. 천천히 나오세요.

할머니의 옆구리를 받치고 다시 천천히 침대에 눕힌 후 불을 끄고 주방으로 향했다. 냉장고를 열어 남은 재료를 확인했다. 두부랑 된장이 남아 있다. 된장찌개라도 끓여야겠다고 생각하며 된장을 꺼내 들었다.

두부를 썰며 할머니의 방 쪽을 바라봤다. 나는 한 번도 내 인생을 불쌍하다고 생각한 적이 없었다. 할머니 집에 들어와서 산 뒤로는 일주일에 한 번씩은 불쌍하다는 말을 듣는 것 같다.

냄비에 된장과 쌈장을 넣고 물을 부었다. 파나 양파 같은 것들이 들어가면 더 맛있었을 텐데, 장을 보고 들어올걸 후회했다.

된장찌개가 끓는다. 증기가 피어오른다. 끓는다는 건 선을 넘어버렸다는 것. 당연히 그래야 하는 것도 맞지만.

막연하게, 안 그랬다면 어땠을까를 생각해도 달라지는 게 없다는 걸 아는 나이가 되어버렸다.

냄비에서 피어오르는 증기와 내 모습이

닮아서 한숨을 내뱉었다.

불을 꺼야 할 순간을 놓쳤다.

✉

그날 읽은 책은 다소 가벼운 소설이었다. 주인공이 큰 실수를 저지른 후, 그 일을 수습해나가는 내용을 담았다. 하지만 결국 아무것도 해결하지 못한 채 이야기가 끝이 나, 독자들로 하여금 답답함을 느끼게 한 소설이다. Y가 먼저 입을 열었다.

실존주의에 대해 말하고 싶었던 건 아닐까요?

그 말에 모두가 Y를 쳐다봤다. 이 가벼운 책에서 굳이 철학적인 이야기를 하고 싶었을 거라는 생각은 아무도 하지 않았을 테니까.

겨우 고등학생인 우리가 뭘 알겠어. 싶은

생각이 머리를 스쳤지만, 그보다도 Y를 향한
끌림이 더 컸다.

그건 너무 간 것 같은데요. 이 작가가 과연
실존주의 철학까지 가져오면서 이 소설을
쓰고 싶었을까요?

20대 후반의 여자, L이 말했다. Y는 L이
아닌 나를 쳐다보며 대답했다.

주인공이 자신이 한 일에 대해 책임을
지지 않고 주변인에게서만 조언을 구하고
답을 찾잖아요. 그래서 결국 문제를 해결하지
못한 채로 이야기가 끝이 나죠. 스스로의
결정에 스스로 책임을 지라는 의미인 것
같아서요.

Y의 눈은 여전히 나를 향해 있었다.
뭘까. 무슨 의미지. 모임 전체가 아닌 나를
향해 하는 말 같았다. 얼굴이 달아오르는 게
느껴졌다. 겉으로 드러나지만 않기를 빌었다.

L은 아무 말이 없었다. H도 뭔가 덧붙이고
싶은 눈치였지만, 굳이 말을 꺼내지 않았다.
나는 실존주의니 철학이니 그런 건 잘 몰랐다.
하지만 그때 그 침묵 속에서, 나를 바라보고
있는 Y의 편을 들고 싶다는 생각이 들었다.

저도 그렇게 생각했어요.

순간 모두가 날 쳐다봤다. 옅은
웃음소리가 들렸다. Y의 목소리였다. Y는
입꼬리를 올린 채 여전히 날 쳐다보고
있었다. Y는 물을 마시고 오겠다며 자리에서
일어났다. 나오라는 신호 같았다. 나는
화장실에 다녀오겠다며 조용히 Y를 따라
나갔다. Y는 뒤늦게 나를 돌아보더니 슬쩍
웃었다. 나는 홀린 듯이 Y를 따라 걸었다.
책방 밖으로, 뒷골목까지 따라갔다. 골목
제일 안쪽에 이르러서야, Y는 뒤를 돌아 날
바라봤다. 그리곤 웃었다. 마음속 어딘가가

다시 뒤틀렸다.

Y는 내 앞으로 한발 다가왔다. 나는 뒤로 주춤거리다가 다시 가만히 섰다. Y가 내 오른쪽 머리카락을 귀 뒤로 넘겼다.

왜 여기까지 따라왔어?

모르겠어.

너 내가 한 말이 무슨 말인진 알았어?

……몰라.

Y는 내 말에 폭소하듯 웃음을 터뜨렸다. 내 감정만큼이나 Y의 감정도 요동치고 있는 것처럼 보였다. 왜 자꾸 웃을까. 차라리 웃지 않았으면 좋겠다고 생각했다.

Y가 내 어깨를 잡았다. 눈을 맞췄다. 그리고 천천히 입을 맞췄다. 눈이 커졌다. 감촉이 선명했다. 머릿속에서 목사의 말이 스쳤다.

하나님의 뜻을 우선하겠다는 태도.

입술이 떨어졌다. 나는 손가락으로 내 입술을 쓸었다.

Y는 다시 웃었다.

집에 오자마자 가장 먼저 한 일은 실존주의에 대해 찾아보는 일이었다. Y에 대한 복잡한 감정을 정리하고 싶은 마음도 있었지만, Y가 모임에서 말한 '자신의 선택에 책임을 지는 것'에 대해 더 알고 싶었다.

생각보다 거창한 철학은 아니었다. 인간은 정의 불가능한 존재이고, 본질이 결핍되어 있기 때문에 누구나 자유로운 선택을 할 수 있다는 것, 그리고 인간답게 실존하려면 그만큼 많은 책임과 고통을 감수해야 한다는 것.

그러다 한 문장이 머리에 꽂혔다.

인간은 자유라는 형벌에 처해 있다.

그들은 그들의 선택에 책임을 졌나? 나는 내 선택에 책임을 질 수 있나?

스스로 결정했지만 책임을 지지 못한다면 그건 인간다운 것일까?

그들은 그들이 선하다고 믿었을까?

⊠

주고받는 눈빛만이 관계의 증표였다. 모임의 누구도 눈치채지 못하는 아주 작은 증표. 나는 너에게서 소유욕을 느꼈다. 어디로 갈지, 어디로 사라질지 모르는 너를 온전히 내 것으로 만들고 싶다는 불순한 욕구. 너는 고결했다. 나는 죄인이었다.

우리가 만나는 건 겨우 일주일에 한 번이었다. 일요일. 독서 모임이 끝난 뒤에야 온전한 둘만의 시간. Y는 모임이 끝나면 조용히 골목으로 들어갔고, 나는 당연하다는 듯이 그녀 뒤를 따랐다. 골목 뒤편에서 Y는 내게 입을 맞췄다. 혀와 혀가 섞이며 나의 죄는 더욱 명확하게 엉켜갔다. 속죄라는 가벼운 단어로는 풀 수 없을 만큼. 입술이 떨어지고 입김이 피어올랐다. Y가 웃었다. 그리곤 손가락으로 내 입술을 쓸었다.

우린 특별할 거야.

Y의 말에 난 되물었다.

우리?

특별할 거라는 말보다 '우리'라는 말이 더 특별하게 들린 건 왜일까.

Y는 다시 내게 입을 맞췄다. 겨울바람에 갈라진 입술이 침과 섞이며 부드러워졌다. 이상야릇한 기분에 휩싸였다.

똘망똘망한 눈이 나를 바라봤다. 웃음기 가득한 눈이었다. 나는 곱게 접힌 Y의

눈꼬리를 바라보며 웃었다. 나는 Y를 사랑할
수밖에 없었다.

✉

교회?

응. 의지할 곳이 있으면 좋잖아.

지연이가 책상에 엎드려 있던 나에게
물었다. 나는 고개를 들어 지연의 눈을
바라봤다. 자신이 선한 일을 하고 있다고 굳게
믿는 눈.

너도 내가 불쌍해 보여?

지연은 다급하게 아니라며 손사래를
쳤지만, 그 속에 담긴 의미를 잘 알고 있었다.

……이번 주 일요일?

그렇게 처음 간 교회였다. 평생을 종교
없이 살아와서 그런지는 몰라도 딱히

긍정적인 생각도 부정적인 생각도 가지고 있지 않았다. 솔직히 이런 걸로 내 아픔이 씻어지지 않을 거라는 애매한 확신 같은 걸 가지고 가본 것도 맞다.

그랬던 내가 무색하게도 나는 기도가 끝나자마자 고개를 떨군 채 한참을 울었다. 격정적인 음악이 끊기고 조금 조용해졌을 때, 예배실엔 훌쩍이는 소리만이 울렸다. 지연은 당황한 눈치로 나를 두드리며 내 이름을 불렀다.

지연의 목소리도 목사의 목소리도 내 귀에 제대로 닿지 않았고, 눈물만 끝없이 손등 위로 떨어졌다. 누군가가 내 마음을 감싸안으며 괜찮다고 말해주는 것 같았다.

신이 있는 걸까?

그날부로 난 처음부터 잘못된 줄만

알았던 내 삶을 구원받았다.

✉

연기가 하늘로 피어올랐다. 골목, Y는 담배를 태우고 있었고 나는 Y를 지켜보고 있었다.

넌 안 피우지?

나는 고개를 끄덕였고, Y는 옅게 웃더니 다시 담배를 입으로 가져다 댔다. 담배가 반쯤 탔을 때 괜한 호기심이 들었다.

나도 해볼래.

Y는 약간 놀라는가 싶더니, 이내 주머니에서 다른 담배를 꺼내 내 입에 물려주었다. 그리곤 라이터를 건네며 말했다.

끝에 불 붙이고 빨면 돼.

잘못된 일을 하고 있다는 죄책감이 나를

눌렀다. 네모난 지포 라이터를 손에 쥐고 굴리기만 하다가 결국 부싯돌을 긁었다. 그런데 뭐가 잘못된 건지 불이 붙지 않았다. 계속 긁어도 틱틱 소리만 날 뿐이었다. 보다 못한 Y가 세게 부싯돌을 긁어 불을 켜주고 나서야 더 힘을 줘야 했다는 걸 알았다. 불을 담배 끝에 붙여주며 Y가 말했다.

빨아.

연기가 입 안으로, 폐 안으로 들어오는 게 느껴졌다. 반사적으로 뱉어내듯이 기침을 토해냈다. Y는 크게 소리 내어 웃고는 내 손에 있는 담배를 뺏어갔다.

힘들지?

나는 뭔지 모를 오기에 Y의 입에 있던 담배를 뺏어 내 입에 물었다. 빨고 뱉어내자 내 입에서 희뿌연 연기가 흘러나왔다.

그게 더 센 건데.

아무렇지도 않은데?

내가 웃자 Y는 어이없다는 듯이 웃으며 나를 바라봤다.

그때의 Y가 왜 그리 예뻐 보였는지.

가만히 있어봐.

나는 가방에서 폴라로이드 사진기를 꺼내 전원을 켰다. 그런 나를 바라보고는 Y가 웃으며 말했다.

요즘 누가 그런 걸 들고 다녀.

나는 기다려보라며 웃고선 필름이 남아 있는지 확인했다. 딱 한 장이 남아 있었다. 나는 한쪽 눈을 감고 초점을 맞춘 뒤 셔터를 눌렀다.

사진이 사진기 위로 올라왔다. Y가 보여달라는 듯이 손을 내밀었다. 나는 그 손을 잡으며 조금만 기다리라고 했다.

조금 지나자 하얀 폴라로이드 사진에

형상이 나타나고 있었다.

Y는 한 손에 담배를 들고 카메라를 응시하고 있었다.

나는 사진을 몇 번 흔들고는 Y에게 건넸다. Y는 사진을 가만히 바라보다가, 코트 주머니에 넣고는 말했다.

가자.

Y는 피우고 있던 담배를 버리고 발로 밟았다. 담뱃불은 금세 사라지고, 입김만이 피어올랐다.

✉

교회에 가지 못했다. 죄책감도 있었지만, 정말 구원받지 못할까 봐, 그게 제일 두려웠다. 신을 믿지 않겠다고 말했으면서 누구보다 신의 존재를 믿고 있는 나였다.

일요일 아침에 일찍 일어날 필요가
없었다. 실컷 늦잠을 자고 천천히 독서
모임으로 향하면 됐다.

교회에 가지 않는다는 사실보다 더 힘든
건 일주일에 겨우 한 번, 일요일이 아니면 Y의
소식을 들을 수 없다는 것이었다. 그조차도
Y가 모임에 빠지는 날이면 나는 하염없이
일주일을 또 기다려야 했다. 다른 연인들과
같을 거라고 기대한 적은 없었지만, 이런
관계가 정말 괜찮은 건지는 가끔 의문이었다.

그래도 Y만 있으면 아무래도 상관없을 것
같던 시절이었다.

✉

편지?

Y가 담벼락 틈새를 가리키며 말했다.

여기에?

나는 고개를 끄덕이고는 말했다.

여기에 꽂아둘게. 아무 때나 와서 가져가.

갑자기 편지는 왜?

나는 대답하지 않고 싱긋 웃었다. Y는
어이없다는 듯 웃다가도 그래, 하고 답했다.

이름도 전화번호도 주소도 모르는 너와
소통할 방법은, 여전히 내가 사랑하는 아주
오래된 방식뿐이었다.

나는 가방 속에 있는 베이지색
편지봉투를 담벼락 틈에 끼워 넣으며 말했다.

이게 첫 편지.

그러자 Y가 웃었다.

뭐야, 이럴 거면 그냥 줘도 되잖아.

못 만날 때가 더 많잖아. 너도 나 보고 싶을
때마다 여기 와서 편지 있는지 없는지 봐.

Y는 방금 꽂아놓은 편지를 뽑아 들고 나를

바라보며 웃었다.

내 사랑은 이런 거였어 Y.

⊠

소정아.

지연의 목소리에 나는 뒤를 돌았다. 교회에 나가지 않고 나서는 처음 보는 얼굴이었다. 무선 이어폰을 빼고 지연을 바라봤다.

오랜만이네.

왜 교회 안 나와?

어떤 대답을 해야 할까 고민하기도 전에, 지연이 먼저 말을 꺼냈다.

내가 생각하는 이유야? 네가 저번에 물어봤던?

나는 바닥으로 눈길을 돌렸다. 지연

앞에서 감히 당당할 수 없다는 걸 알고 있었다.

너 원래 이런 애 아니었잖아.

그 말에 잠시 주춤했다. 내가 변했나?

원래는 어땠는데?

진심으로 궁금해서 물었다.

적어도 너 자신한테 떳떳하게 살았어.

지연은 약간 울먹이며 말했다.

난 네가 망가지고 있는 거 같아서 걱정이야.

그 말을 끝으로 지연은 돌아섰다.

그날은 독서 모임에 갈 수 없었다. 단순히 지연을 만나서는 아니었다. 신앙심의 문제도 아니었다. 내가 굳건하다고 믿어왔던 내 가치관이 무너지고 있는 것만 같았다.

그럼에도 나는 습관처럼 다시 서울행 열차를 탔고, 그 골목으로 향하고 있었다.

어젯밤에 쓴 편지를 들고.

골목길에 들어서자 멀리서 형체가 보였다. 긴 연갈색 머리가 햇빛에 반사되어 빛났고, 긴 베이지색 목도리는 대충 둘러져 허리 아래까지 늘어져 있었고, 담배를 문 Y가 담벼락 틈에 있는 편지를 꺼내 읽고 있었다.

왜 여기 있어?

내가 다가가서 묻자 Y는 놀란 기색 하나 없이 무미건조한 표정과 말투로 말했다.

너 올까 봐.

Y는 내가 모임에 나오지 않았어도 자기는 보러 올 거라고 확신하고 있던 눈치였다. Y가 이곳에서 날 기다렸다는 사실이 기쁘기도, 나를 간파당했다는 사실에 불쾌하기도 했다.

우리의 옷차림은 처음보다 훨씬 가벼워졌고, 그건 우리 자체도 마찬가지였다. 머릿속은 복잡했고, 담배 냄새에 머리가 아팠다. 눈앞엔 Y가 선명했다.

Y는 내가 모임에 가지 않은 이유를 묻지 않았다. 지금 이 골목에 있는 이유도 묻지 않았다. 내가 먼저 말하고 싶은 충동을 억눌렀다.

Y가 새 담배를 꺼내 입에 물었다. 나도 주머니에서 담배를 꺼내 물었다.

이제 막 피우네.

Y가 나를 보지 않고 말했다.

피우면 안 돼?

나야 좋지.

그 말을 끝으로 한동안 우리는 아무 말도 없었다. 그저 빨고, 뱉고, 옷과 머리카락에 냄새가 배고. 먼저 정적을 깬 건 Y였다.

너 교회 다니지.

정말 Y는 나를 간파하고 있었다. 고개를 끄덕이자 Y는 내 입술에 가볍게 입을 맞췄다.

너 이제 교회 가면 번개 맞는 거 아니야?

Y가 킥킥대며 말했다.

그럴 거 같은데.

그래서 가지 않는다고까지는 말하지 않았다.

우리는 또 같은 지하철을 탔다. 처음 함께 지하철을 탔던 그때처럼, 문 쪽에 기대어 서로를 보고 있었다.

네 얘기 좀 해봐.

이제야 내가 좀 궁금해?

Y가 고개를 끄덕거리자, 나는 나도 모르게 어떤 정보를 알려줘야 할까 고민하고 있었다.

부모님 이혼하시고, 두 분 다 날 안 키우려고 하셔서 외할머니랑 살아.

Y는 고개를 기울여서 문에 얼굴을 기댔다. 그리곤 더 말해보라는 듯이 고개를 까닥였다.

그냥, 그렇다고.

Y는 고민하는 듯 보이다가, 매고 있던 베이지색 목도리를 벗어 내 목에 걸어주었다.

더운데.

나가면 추워.

나 목도리 매는 법 몰라.

Y는 한숨을 쉬고는 목도리를 매주기 시작했다. 목 뒤로 긴 쪽을 한 번 돌리고, 매듭을 만들어 묶었다.

너 가져.

정말?

응. 잘 어울리네.

처음으로 누군가가 목도리를 매주었다. 그리고 자기 것을 내게 주었다. Y는 감정을 읽을 수 없는 눈으로 나를 쳐다보고 있었다. 왜 나는 그때 Y가 날 떠날 것 같다고 생각했을까. 어쩌면 그때가 Y가 나를 가장

사랑했던 순간이었을지도 모르는데. 나는 Y가
그랬던 것처럼, 목도리에 얼굴을 묻어보았다.
다음에는 매는 법 알려달라고 해야겠다,
생각하면서.

집에 와서 겉옷과 목도리를 의자에
걸어두고 앉았다. Y에 대한 마음은 날이
갈수록 깊어졌고, 나는 말로도 글로도 다 할
수 없는 표현을 편지에 담으려 했다. 미리
사놓은 편지지를 꺼내 펜을 들었을 때, 손이
멈췄다.

왜인지 더 이상 이 편지를 읽고 웃을 Y가
상상되지 않았다.

✉

새벽 다섯 시, 교회를 찾았다. 가보지도

않았던 새벽기도였다. 다시 지연을 만나기 어려웠다. 교회 근처에서만 삼십 분 넘게 머뭇거리다 겨우 발을 들였다. 다시 의지할 곳이 필요했다. Y가 나를 버리지 않게 해달라고 빌고 싶었다. 나는 어느새 그 모든 일이 있기 전보다 훨씬 더 망가져 있는 것 같았다. Y는 한 번도 나를 망가뜨린 적이 없지만.

사람은 겨우 다섯 명뿐이었고, 평소보다 훨씬 조용했다. 문이 열릴 때마다 오래된 경첩이 삐걱대는 소리가 크게 들렸다.

나는 기도하지 못했다.

교회를 나서자 동쪽 하늘이 어슴푸레 밝아져 있었다. 해가 길어지려나. 날이 따뜻해지면 Y가 없을 것 같았다. Y는 햇살과 거리가 먼 사람이었다. 잿빛 거리가 더 어울리는 사람.

내가 지금 쥐고 있는 게 손이 아니라 옷자락일지라도, 잡고 있는 건 끝까지 놓치지 말아야 했다.

나는 그 뒤로 한참을, 몇 시간이나 교회 근처에 앉아 있다가 걸음을 옮겼다.

✉

익숙한 이름으로부터 돈이 들어왔다. 오백만 원. 아빠의 이름이었다. 열차가 흔들렸다. 나도 모르게 휘청거렸다. 나는 눈을 세게 감았다가 뜨곤 다시 이름을 확인했다. 달라질 건 없었다. 그 돈은 책임을 지기 위해서가 아니라 버리기 위한 돈이었다. 이걸로 아빠는 아빠의 죄책감을 덜고, 나에 대한 책임을 다 졌다고 생각하겠지.

나는 아빠에게 고작 오백만 원짜리 딸이었다.

익숙한 역에 도착했다. 나는 핸드폰 전원을 끄고 열차에서 내렸다.

출입문 닫습니다.

지하철에서 내리고 처음 마주한 얼굴이 Y일 줄은 몰랐다. 바로 옆 칸에 타고 있었다는 사실조차 몰랐으니까. 나는 사뭇 반가웠지만, Y의 표정에는 반가움도 설렘도 담겨 있지 않아서, 슬픈 얼굴을 숨기고 조용히 Y의 옆에 서서 함께 걸었다.

우리 오늘은 끝나고 같이 가자.

Y의 눈치를 보며 꺼낸 말이었지만, 역시나 Y의 표정은 좋지 않았다. 나는 왜 그래? 하고 물어보고 싶은 마음을 숨기고 Y의 대답을

기다렸다.

너는 우리라는 말을 좋아하는 것 같아.

오랜만에 Y의 입에서 '우리'라는 말이 나왔다. 그 사실에 기뻤다가도, 이어지는 말들에 난 쉬이 웃을 수 없었다.

우리라는 이름 아래에 갇히지 말자.

얼핏 들으면 퍽 낭만적인 말이었다.

나는 온전한 네 것이 아니야.

Y가 이어 말하고, 그 말에 난 따지듯이 말했다.

네가 내 것이어야만 우리는 아니야.

'우리'라는 단어의 정의부터 다시 짚고 넘어가야 할 것 같았다. Y는 그렇게나 우리가 한 단어로 묶이는 게 싫은 걸까. 그렇다면 나와의 만남은 무얼 위한 걸까.

그래도 우리는 싫어.

Y는 '우리'라는 단어에 힘을 실어 말했다.

그렇다면 왜 나를 만나? 그렇다면 왜 너를
만나? 우린 많은 것을 감수하고 있잖아.
질문들을 삼켜냈다.

우리는 함께 책방으로 들어갔다.

이번 주의 책 내용이 기억나지 않았다.
한동안 Y 생각으로 머릿속이 복잡해서 다른
게 들어오지가 않았다. 나는 말을 최소한으로
줄이고, 계속해서 대각선에 앉아 있는 Y를
힐끔힐끔 쳐다봤다. Y와 눈이 마주쳤다. Y가
미간을 찌푸렸다.

모임이 끝나자마자 Y는 날 책방 뒤쪽
골목으로 끌고 가서 입을 맞췄다. 나는 Y를
밀쳐내고는 말했다.

……갑자기 왜 그래.

Y는 가만히 나를 바라보다가 입을 열었다.

날 사랑해?

당연한 거 아니야?

그냥 내가 하는 스킨십에 설레는 걸 수도 있어.

그 말만은 인정하고 싶지 않았다. 난 Y를 사랑하니까. Y를 볼 때, Y와 입 맞출 때 뛰는 가슴이 거짓일 리 없으니까. 착각일 리 없으니까.

Y는 나한테서 떨어져 주머니에서 담뱃갑을 꺼냈다. 그리곤 담뱃갑을 열고 가만히 쳐다봤다. 슬쩍 보니 담배가 다 떨어진 듯했다. 나는 두 대 남은 내 담뱃갑을 열어 한 개비를 꺼내 Y에게 건넸다. 담배를 받아 든 Y는 라이터를 꺼냈다.

Y의 옆모습에서는 아무런 감정이 느껴지지 않았다. Y가 나를 봐도 그 눈에 전에 있던 무언가가 없었다. 어떻게 하면 Y가 다시 반짝이는 눈으로 나를 봐줄까.

나는 머뭇거리다가 말했다.

내 이름 한소정이야.

Y는 한 손으로 바람을 막고 한 손으로는 부싯돌을 긁으며 말했다.

갑자기 그걸 왜 말하는데?

담배를 물며 웅얼거리는 Y의 딱딱한 대답에 상처 받은 티를 내지 않고 말을 이었다.

알고 있는 편이 좋을 것 같아서.

Y의 담배에 불이 붙었다. 나도 담배에 불을 붙이고 Y가 없는 쪽으로 연기를 뱉어냈다.

알아도 몰라도 달라질 게 없는데 왜 알아야 해.

쓰다.

그래도 소정이라고 불러주면 안 돼?

나는 담배를 버리며 땅을 보고 말했다. 그래도 Y가 져줄 거라는 안일한 생각을

가지고. Y는 연기를 내쉬고는 나를 내려다보며
말했다.

너는 S지.

Y는 특별한 걸 참 싫어한다.

나는 꺼진 담뱃불을 내려다보고 있었고,
Y는 그런 내가 보이지 않는 듯이 계속 담배를
피우고 있었다. 세상에는 미워할 사람이 참
많았다.

스킨십에 설렌다고 했지.

Y는 날 보지 않고 고개를 끄덕였다.

네가 그런 건 아니고?

그래. 전부터 궁금했다. 자꾸 이상한 말을
꺼내는 이유. 나를 의심하는 듯한 말들. 전부
네가 그래서 그런 건 아니야? Y는 대답하지
않았다. 시선을 아래로 떨군 채, 답을 찾고
있었다.

맞을지도 몰라.

Y는 담담하게 말했다. 그게 Y가 찾은 답이었다. 나는 그게 무슨 말이냐고 되물었다.

나는 사랑을 잘 못 느끼겠어. 그래서 더 큰 자극으로 사랑을 확인하나 봐.

그게 무슨 말이야. 날 사랑하지 않아? 사랑을 잘 못 느끼겠다는 게 무슨 뜻이야. 내가 사랑을 제대로 주지 못한 거야? 나는 천천히 입을 열었다.

사랑받는 법을 모르겠어?

Y는 담배를 바닥에 버리고 말했다.

사랑을 모르겠어.

그 말에 나는 어떻게 대답했어야 맞는 걸까. 난 왜 Y가 화를 내고 있는 거라고 생각했을까.

더 이상 어떤 말도 Y에게 닿지 않을 것을 직감했다. 나는 처음으로 Y를 남겨두고 돌아섰다. 내가 등을 보이자 Y는 조용히 내 손을 잡았다.

같이 가.

그럼 나는 또 바보같이 Y가 잡은 손에 힘을 주고 뿌리치지 못하는 것이었다. 우리는 지하철을 타러 가는 동안에도 아무 말이 없었다. Y를 처음 만났던 그 시절로 돌아간 기분이었다. 다만 지금은 훨씬 더 복잡한 심정이었다.

Y는 나를 대놓고 바라보다, 딴 곳을 바라보기를 반복했다. 나는 의식적으로 Y의 눈을 피했다. 지하철이 한강에 들어섰다. 갑자기 시야가 확 트였다. 창밖엔 비가 내리고 있었다. Y는 나와 같은 곳을 쳐다보다가 말했다.

이번 장마엔 잠수교가 잠길까?

그러게. 잠길까. 그렇게 대답하려다 나는 입을 닫았다. Y는 나를 바라보다 창을 보더니

이내 다시 나를 보고는 말했다.

미안해.

눈을 질끈 감았다. 듣고 싶지 않은
말이었다. Y의 입에서 미안하다는 말이 나오는
순간, 나를 사랑하지 않는다고 인정하는
것 같아서. 나는 Y를 바라봤다. Y는 공허한
눈으로 나를 바라보고 있었다. 미안하다는
말을 할 거면 눈물이라도 좀 글썽이지.
Y는 늘 그랬듯이 어떤 감정에도 동요하지
않았다. 이번에도 나만 동요하고 있었다.
나는 속에서부터 올라오는 설움을 삼켜내고
말했다.

뭐가.

상처 줘서.

나는 침묵을 선택했다. '널 사랑하지
않아서'라고 말하지 않은 걸 다행으로 여겨야
할까?

✉

그날 Y가 날 골목으로 불러냈을 때, 굳이 묻지 않아도 무슨 말을 할지 알 것 같았다. Y는 나를 똑바로 쳐다보고 있었고 나는 고개를 숙이고 있었다. 왜인지 내가 죄인 같았다.

아니지. 애초에 처음부터 내가 죄인이었다.

소정아.

Y가 무덤덤한 표정으로 나를 불렀다. 이름으로 불렀다. 나는 응, 하고 조용히 답했다. Y는 아무 말이 없었다. 마지막 순간엔 말을 고르는 걸까. 나는 여전히 고개를 숙이고 있었다.

우리 좋았잖아.

애써 Y가 싫어하는 '우리'라는 단어를 꺼냈다. 아직도 그런 말로 Y와 나의 관계를 확립하고 싶었다.

그만하자.

나는 Y에 대한 원망을 삼키고 다시 입을 열었다.

우리 다시 볼 수는 있어?

Y는 고개를 끄덕였다.

내가 먼저 보러 올게.

그 말을 끝으로 Y는 유유히 골목길 밖으로 걸어갔다. 나는 주저앉지 않으려고 다리에 힘을 주었다. 울고 싶지 않아 고개를 들었다. 하나님, 이로써 저는 구원받을 수 있습니까?

제 벌은 이것입니까?

힘없이 볼을 따라 흐르는 눈물을 닦았다.

Y는 더 이상 독서 모임에 나오지 않았다. 나는 Y 없는 독서 모임에 꼬박꼬박 나갔다. 한 편으론 홀가분했다.

Y는 나를 그리 사랑하지 않았다. 그 사실을 인정하자 편해졌다. 다시 교회에 나가기 시작했다. 지연은 나를 외면했지만, 목사는 나를 반겼다.

사탄의 유혹을 잘 이겨냈구나.

사탄. 그 단어가 그리도 거슬렸다.

✉

서울행 열차를 탔다. 독서 모임이 없는데 그 역에, 그 골목에 가는 건 처음이었다. 날이 너무 더워졌다. 열차 안에는 냉풍이 흐르고 있었다. 가벼워진 옷이 괜히 더 무겁게 느껴졌다.

골목은 그늘이었다. 미리 써 온 편지를 가방에서 꺼냈다. 담벼락 틈새가 비어 있었다. 편지를 끼웠다. 남아 있던 빗물에 봉투

아래쪽이 조금 젖었다. 한참이고 거기 서 있고 싶었다. 그러다가 울어버려도 좋을 것 같았다. 날이 너무 뜨거웠다. 공기에 숨이 막혔다. 나는 천천히 골목을 빠져나왔다.

네 목소리도 흐려지는데 보고 싶다는 말은 아직 진심이야.

교회 다시 가고 있어. 이제야 다시 갈 수 있더라.

어떻게 지내? 이런 말 해도 되나.

7월 18일
소정

독서 모임에 갈 때마다 이상한 기분이 들었다. 당연했던 일상에 당연하지 않은 사람이 사라진 것뿐인데, 당연하다는 생각이 들지 않았다. 이번 주의 편지는 아마 그런 내용이었을 것이다.

편지를 들고 책방을 향하는 지하철 안, 잠수교가 보였다. 어제까지 내렸던 비에 잠수교가 잠겨 있었다. 나는 가방에서 편지를 꺼내 펜으로 모든 내용을 긋고, 한 줄을 썼다.

잠수교가 잠겼어.

7월 24일

소정

편지가 더 이상 사라지지 않고 쌓여가는 걸 본다는 건 슬픈 일이었지만, 모든 마음은 익숙해지기 마련이었다. 이미 꽂아놓은 편지의 대부분은 비에 흠뻑 젖었다가 말라 쭈글쭈글한 모양이었다. 이번 주의 편지를 끼워 넣었다.

장마도 다 갔는데 아직도 비가 오면
어쩌지 싶어. 편지가 다 젖어버리고 잉크가 다
번져버리면 그 안에 든 마음까지 버려질까 봐.

9월 3일
소정

✉

사랑과 은혜가 풍성하신 하나님 아버지,
지난 한 주를 돌아볼 때 주님보다 나 자신을
앞세웠던 순간들이 있었음을 고백합니다.
나는 두 손을 꼭 맞잡고 고개를 떨궜다.
귀에선 회개의 기도가, 속에선 아직 남아 있는
사랑이 엉켰다.

알면서도 외면하고, 그른 줄 알면서도 죄를 지은 연약한 우리의 모습을 주님 앞에 고백합니다.

그리곤 눈물을 흘렸다.

예수 그리스도의 십자가 앞에서 다시 새 마음을 얻게 하시고, 용서받은 자로서 사랑과 진리 안에서 살아가게 하여 주시옵소서.

Y.

이 모든 말씀을 예수 그리스도의 이름으로 기도드립니다.

언제쯤 널 잊을 수 있을까.

아멘.

✉

오늘은 독서 모임을 쉬기로 한 날이었지만, 다음 편지를 넣으려 다시 그 골목으로 왔다. 이제 비가 아니라 눈이 올 것만 같은 계절이다. 담벼락 틈새엔 더 꽂을 자리가 없을 만큼 편지가 가득 채워져 있었다. 이번이 끼울 수 있는 마지막 편지 같았다.

가방에서 버건디색 편지봉투를 꺼내 겨우 담벼락 틈새에 끼웠다.

나는 주머니에서 담배 한 개비와 지포 라이터를 꺼내 불을 붙였다. 담배 연기와 입김이 섞여 더 선명한 연기가 입에서 흘러나왔다.

내가 질 수 있는 책임은 어디까지일까.

나는 쥐고 있는 담배를 가만히 바라보다가, 바닥에 버렸다. 밟지는 않았다. 그리곤 주머니 속 담뱃갑과 라이터까지 모두 그 자리에 버리고 골목을 나섰다.

나 이제 라이터 한 번에 잘 켜. 이제 담배

혼자 피울 수 있어. 근데 안 피우려고. 날이
꽤 추워졌어. 널 만난 계절이 돌아오면 네가
돌아올지도 모르겠다는 바보 같은 생각을 해.

11월 3일
소정

오랜 시간 머문 이야기는 곱씹을수록
씁쓸한 맛이 나고, 나는 사랑을 관뒀다. 나는
한때의 기억으로 평생을 살아갈 수 있는
사람이 아니었다.

12월에 들어서야 눈 예보가 있었다.
많이 늦은 첫눈이었지만, 기록적인 폭설이
예상된다고 한다. 기록적인 폭설. 눈의 양을
그렇게도 열심히 기록한댄다.

나는 정작 그녀의 이름 하나도 기록하지
못했다.

✉

　그달의 첫 독서 모임이 끝났다. H, O, L과
함께 책에 대해 이야기한 지도 어느새 2년이
넘었다. Y가 있었던 시간은 비교적 찰나처럼
느껴졌다.

　다시 두꺼워진 외투는 입는 데 오래
걸렸고, 나는 천천히 목도리를 둘렀다. 다음
주에 보자며 가벼운 인사를 하고 책방을
나섰다.

　연말이었다. 눈앞으로 하얀 것들이 스쳐
지나갔다. 눈이었다. 어느새 1년이 지나버린
그날이 생각났다. 그 이니셜이 떠올랐다.
그리고 습관처럼 그 골목길로 향했다.

　왜인지 무거운 발걸음을 하나하나 옮길
때마다 입김이 피어올랐다. 겨울은 많은
것들이 존재함과 동시에 아무것도 존재하지

않는 계절이어서 그랬나.

편지가 없었다.

눈은 많은 것을 덮는다. 여러 사랑도, 어떤 이의 손때 묻은 편지도. 나까지도? 서둘러 역으로 걸음을 옮겼다.

요란한 소리와 함께 출입문이 닫혔다. 마침 눈앞에서 자리가 났고, 나는 끝에서 두 번째 자리에 앉았다. 이번 역에서는 사람이 많이 내렸다. 나는 무선 이어폰을 귀에 꽂았다. 잔잔한 재즈 피아노 음악이 흘러나오고 있었다. 창밖을 바라봤다. 아무것도 보이지 않는 창에서는 지하철 안의 풍경이 비칠 뿐이었다. 나의 모습을 바라봤디. 베이지색 목도리. 손끝으로 목도리를 만지작거렸다. 문이 열렸다. 두 사람이 들어왔다. 나는 무의식적으로 들어온 사람들을 바라봤다.

우연이라기엔 반복되는 일이 있다. 그게 운명이라면, 나는 운명을 믿기로 했다. Y와 눈이 마주쳤다. 나도 모르게 시선을 아래로 떨궜다. Y는 많고 많은 빈자리를 뒤로하고 내 앞에 서서 손잡이를 잡았다. 이건 Y가 만든 우연일까, 누구도 의도하지 않은 운명의 장난일까. 문이 닫혔다. 열차가 출발했다. Y의 하얀색 코트를 바라봤다.

잘 지냈어?

또다. 그 목소리다. 악마의 속삭임. 아무렇지도 않게 나를 흔들어놓는 목소리. 나는 Y를 용서할 수 있을까. Y는 나를 사랑할 수 있을까.

목도리는 아직도 못 매네.

Y는 대충 둘러놓은 내 목도리를 다시 매기 시작했다.

덜컹거리는 소리와 함께 열차가 한강
위를 달렸다. 창밖으로 눈이 내리고 있었다.
나는 Y를 올려다보며 물었다.

첫눈인가?

Y는 목도리의 매듭을 묶으며 여전히
무미건조한 목소리로 말했다.

응. 첫눈이야.

나는 그제서야 웃었다. Y가 나를 바라봤다.
Y는 내 눈을 피하지 않았다. 나는 Y의 눈을
피하지 않았다. 인정할 때가 되어버렸다.

그래, 이번에도 같은 지옥으로
떨어지더라도 난 좋아. 이게 나의 운명이라면
기꺼이 받아들일게.

어서 와, 나의 사탄.

당신은 사랑을 믿나요? 저는 이 질문을 던지는 걸 좋아합니다. 그 답에 사람마다 다른 사랑의 기억이 묻어나기 때문인 것 같아요. 쓰면서도 웃겼던 건, 누구도 이런 사랑을 하고 싶지 않을 것 같다는 생각이었습니다. 하지만 《나의 사탄》은 어쩐지 낭만적으로 읽히더라고요. 혼란과 상처가 이 책을 낭만적으로 만든 걸까요?

Y라는 인물을 설정해놓고도 많은 것을 정해놓지 않았습니다. 제가 그녀를 몰라야

소정이도 그녀를 모를 것 같았어요. 그래서 외형과 몇 가지 성격 정도만 떠올린 채 무작정 쓰기 시작했습니다. 쓰는 동안 오히려 그녀가 스스로 더 선명해졌어요.

아, 이 얘기도 해야죠. 이 책에 '실존주의'를 넣기 위해 처음으로 철학을 공부했습니다. 그리고 공부하면 할수록 아주 작게라도 이 책에 꼭 넣어야겠다고 생각했습니다. 소정이가 담배를 버리는 장면, 부모님을 생각하는 장면, 모두 소정이가 인생에 대한 '책임'을 생각하는 순간들이었어요. 소정이의 부모님은 소정이에 대한 책임을 지지 않았고, 그렇기에 소정이는 '책임'이나 '우리' 같은 단어에 더욱 집착할 수밖에 없었다고 생각합니다.

가끔 소정이를 떠올리면 저와 닮았다는 생각이 듭니다. 사랑이라는 말조차 제대로 정의되지도 않았던 제 어린 사랑은 늘 혼란으로 가득차고, 제가 바라던 모습과 다른 날들이 더 많았어요. 하지만 늘 확신했던 건 제 사랑이 현실에 구애받지 않았으면 하는 바람이었습니다.

소정이가 한 건 사랑일까요? 사실 저도 잘 모르겠습니다. 아마 많은 분들이 이 글을 읽으며 Y를 미워하실 것 같은데요, 전 여전히 그녀가 좋습니다.

사탄은 인간의 마음을 꿰뚫고 있으니까요.

2026년 봄

백은별

백은별 작가 인터뷰

Q. 중학교 2학년 때 출간하여 수많은
독자들에게 뜨거운 공감과 사랑을 받은 소설
《시한부》가 "스스로 마지막 날을 정한 삶도
시한부일까?"라는 질문에서 시작됐다면,
《나의 사탄》은 어떤 질문에서 출발했나요?

A. "사랑이라는 말은 너무 무겁지
않나?"라는 질문에서 시작됐어요. 이 책의
첫 문장이죠. 사랑이라는 말이 너무 무거워
'사랑해'라는 말을 쉽게 하지 못하는 지인의
이야기를 들은 적이 있습니다. 반대로
'사랑해'라는 말 한마디를 듣지 못해 상대의
사랑을 의심하는 지인의 이야기를 들은 적도
있고요. 그렇다면 사랑이 너무 무겁지만
동시에 가벼운 사람과, 사랑과 표현에
진심인 사람이 만나게 된다면 어떤 이야기가
펼쳐질까, 그런 궁금증에서 출발했습니다.

결국 이런 이야기가 펼쳐졌고, 저는 제 나름의 답을 첫 페이지에 적었습니다. "너네한테만 무거운 거야"라고요.

Q. 작가님 소설 속 인물들은 대부분
평범하게 행복해지기보다는, 감정의 끝까지
가보는 선택을 하는 것 같아요. 그런
인물들에게 끌리시는 이유가 있을까요?

A. '해피 엔딩'의 정의에 대해 자주
생각해봤어요. 주인공들의 행복의 기준은
뭘까. 독자들이 보기에 모든 일이 잘 풀린
것처럼 보인다면, 그것이 해피 엔딩일까?
아니면 주인공들이 깨끗하게 행복해져야
해피 엔딩일까? 저에게 해피 엔딩은 그 책이
무엇을 말하고 싶었는지에 달려 있는 것
같아요. 주인공들이 제가 하고 싶은 말을
정확히 전달해준다면 그것이 작가로서의 해피
엔딩인 셈이죠. 제 소설들의 마무리는 대개
주인공이 어떤 선택을 하는지에 달려 있어요.
《나의 사탄》은 더더욱 그래야 했고요.

또 살다 보면 감정에 휩쓸려 결정을 하는
일이 점점 적어진다고 생각해요. 감정보다는
이성에 따라 나에게 가장 필요한 최적의
선택을 하죠. 그게 어른이 되는 과정이라고도
생각해요. 하지만 소설은 그럴 필요가
없잖아요? 소설 속 인물만큼은 본인의 감정에
충실했으면 좋겠다고 생각하며 씁니다. 그
선택이 어떤 결말을 가져올지는 오로지
인물의 몫이니까요.

Q. 《시한부》《윤슬의 바다》 그리고 《나의 사탄》 모두 '쉽게 말할 수 없는 감정'을 다루고 있습니다. 작가님은 소설 속 인물을 끝까지 이해하려고 하시는 편인가요, 끝내 이해할 수 없는 부분을 남겨두시는 편인가요?

A. 최대한 이해하려고 노력합니다. 독자들이 보기에 이해하지 못하는 부분조차 작가가 인물을 완전히 이해해야 가능한 부분이라고 생각했어요. 《나의 사탄》에서는 Y라는 인물이 그렇죠. 저는 이 책을 쓰는 내내 Y를 이해하려고 노력했어요. 결국 Y의 모든 행동에 나름대로의 이유를 찾아냈죠. 하지만 제가 생각한 것들을 공유할 생각은 없어요. 이해되지 않는 채로 남아 있기 때문에 더 오래 고민하게 되고, 그 점이 인물이나 감정을 더욱 매력적으로 만든다고 생각하거든요.

Q. Y는 끝까지 쉽게 정의되지 않는
인물입니다. 소정이를 끌어당기면서도
완전히 자신을 내어주지는 않습니다. Y라는
인물을 그리실 때 가장 중요하게 생각한 점은
무엇인가요?

A. Y는 정말 매력적인 인물이어야
했어요. 동성애자가 아닌 기독교인이었던
소정이 한눈에 반할 만큼. 그리고 끝내 누구도
Y의 심리를 모르게 써야겠다 싶었습니다.
갑자기 곁을 주더니 떠나고 다시 돌아온 Y의
마음은 소정이도, 읽는 독자들도 짐작으로만
알겠죠. 그 후의 이야기를 상상해도 Y가
소정의 곁에서 온전히 자신을 드러낼 것
같지는 않아요. Y는 그런 인물이니까요.

Q. 소정이는 사랑을 통해 자신을
알아가기도 하지만 동시에 망가지는 듯
보이기도 합니다. 작가님은 소정이를
연약한 사람으로 보셨는지, 혹은 끝내 자기
감정을 붙드는 강인한 사람으로 보셨는지
궁금합니다.

A. 소정이는 '미성년자'입니다. 18세
소녀. 그 이상도 이하도 아니라고 생각하며
썼고, 독자분들도 그렇게 느끼기를 바랐어요.
18세는 애매한 나이죠. 어른이 되어가는
과정에 있긴 하지만 그렇다고 어른스럽지는
못한, 스스로의 결정에 책임을 질 나이는
되었지만 가끔은 틀린 선택을 하기도 하는.
그런 소정이는 나이에 비해 강한 인물이에요.
방황하면서도 자신의 길을 명확히 알고
있었고, 후반부에 들어설수록 책임을 질 수

있는 선택만 합니다. 사랑 앞에서 소정이는

한없이 연약했지만, 저는 그거야말로 가장

강한 사람만이 할 수 있는 일이라고 생각해요.

사랑 앞에서는 강해질 필요가 없으니까요.

Q. 이름을 온전히 알지 못한 채 시작되는
관계, 끝내 완전히 기록되지 못하는 사랑이라는
설정이 인상적입니다. '이름'과 '기록'은 이
작품에서 어떤 의미를 갖고 있나요?

A. 이 책의 많은 부분을 차지하고 있어요.
'이름'과 '기록'. 우린 모든 관계를 시작할
때 이름을 알고 시작해요. 관계를 이어가는
동안은 그 순간을 기록하곤 하죠. 하지만
이름을 모른 채 시작된 관계는 관계가 아닌
걸까요? 기록되지 않는 순간은 기억이 아닌
걸까요? 저는 그렇지 않다고 생각했어요.
그 두 개가 성립되지 않아도 관계는 관계고,
기억은 기억이라고요. '이름'과 '기록'은
관계에서 어쩌면 필수적인 것들이지만, 이
작품에서는 필수적이지 않다는 점이 이
작품을 특별하게 만들어준다고 생각합니다.

Q. 편지는 이 작품에서 아주 중요한
매개입니다. 전화나 메시지가 아니라
'편지'여야 했던 이유가 있었을까요?

A. 소정이가 끝까지 Y에 대한 그 어떤
정보도 몰랐으면 했어요. 전화나 문자를
하기 위해선 전화번호를 알아야 하지만,
Y가 소정이에게 전화번호를 알려주는
장면은 잘 상상이 되지 않았어요. 그리고
무엇보다도 소정이는 과거에 머물러 있고
싶은 사람이에요. 세상의 변화를 원치 않는
소정이는 편지를 좋아할 것 같다는 생각이
들어서 둘을 연결하는 매개체는 편지가 더
어울린다고 생각했습니다.

Q. 소정이가 작가님과 닮았다고
하셨는데요, 특히 어떤 부분에서 가장
닮았다고 생각하시나요?

A. 자신의 감정에 솔직한 점이 가장
닮았다고 생각합니다. 그걸 실천에 옮기는
것까지요. 작가의 말에서 말했듯이, 제 어린
사랑은 서툴렀던 날들이 너무 많았습니다.
(그렇다고 지금의 제 사랑이 성숙하다고 말할 순
없겠네요.) 성숙해지려고 노력하지만 결국
하고 있는 건 서투르고 투박한 사랑이고,
제가 생각하는 이상적인 사랑은 유치한
사랑이었습니다. 끝까지 성숙해지려 애쓰는,
하지만 결국 휘둘리고 휩쓸리며 누구보다
자신의 감정에 충실한 소정이가 저와 꽤
닮아 있다고 생각했어요. 정확히는 사랑의
방식이요.

Q. 소정이는 사랑받고 싶어 하면서도
동시에 사랑을 두려워합니다. 작가님이
생각하시는 '사랑을 감당하는 일'이란
무엇인가요?

A. 이 질문에서 가장 오래 멈춰
있었습니다. '사랑을 감당하는 일'이 뭘까.
오랜 고민 끝에 내린 답은, '기꺼이 상처
받을 용기'인 것 같아요. 사랑은 행복과
아픔을 동시에 수반합니다. 아플 걸
알면서도 그 행복의 크기를 알아 몇 번이고
뛰어드는 일이죠. 그런 사랑을 '감당'하는
것은 그 아픔을 두려워하지 않는 일이라고
생각합니다.

'넌 사랑하니까 이 정도 아픔은 괜찮아.'
이 말이 그렇게 용기 있어 보였습니다.

Q. "사랑이라는 말은 너무 무겁지 않아?"라는 문장으로 이야기가 시작됩니다. 작가님이 생각하시는 '가장 무거운 말'과 '가장 가벼운 말'은 무엇인가요?

A. 약속이 담긴 추상적인 말들이 가장 무겁다고 생각해요. 사랑, 영원, 믿음, 추억 같은 말들이요. '사랑'이라는 말 안에는 사랑한다는 감정, 영원했으면 하는 마음, 변치 않을 거라는 믿음, 그리고 훗날 추억이 될 거라는 기약까지 모두 충족되어야 완성되잖아요. 그래서 '사랑'이라는 단어가 너무 무겁게 느껴졌어요.

하지만 동시에 제가 생각하는 가장 가벼운 말도 '사랑'이에요. 사랑이라는 감정은 불가항력적인 것이어서, 우리는 '사랑해'라는 말을 하며 그 감정에 누구보다도 충실해져요.

앞서 말한 모든 무거운 것들을 당연히
여기면서요. 습관처럼 내뱉는 '사랑해'를 전
좋아합니다. 결국 이 말의 무게는 생각하기에
달린 문제인 것 같아요.

Q. 《나의 사탄》을 쓰시면서 가장 오래 고민한 부분은 무엇인가요?

A. 기독교와 동성애라는 예민한 문제를 전면으로 꺼낸 책이다 보니 어느 한쪽으로 치우치지 않기 위해 애썼어요. 저는 기독교인도 아니고 동성애자도 아니기 때문에, 기독교 박해나 동성애 지지처럼 보이지 않아야 한다고 생각했어요. 그 반대로도요. 결과적으로 잘됐는지 모르겠지만, 그 둘의 균형을 맞추는 부분에서 가장 오래 멈춰 있었습니다.

Q. 《나의 사탄》을 쓰시는 동안 가장
많이 들은 음악, 혹은 자주 떠올린 풍경이
있었나요?

A. 서동현의 〈joker〉라는 노래와 가사
뜻도 제대로 알지 못하는 외국 음악들을 많이
들었어요. 원래 글을 쓸 때는 노래를 듣지
않거나 잔잔한 피아노 음악을 듣는 편인데
이번에는 신기하게 가사가 있는 음악을
들어야 글이 잘 써지더라고요.

풍경으로는 소정이와 Y가 함께할 수
있었던 골목길을 자주 떠올렸어요. 회색
빛깔의 거리와 곳곳에 눈이 얼어붙은 자국이
남은 길을 그리며 썼습니다. Y가 떠난 뒤 홀로
여름을 보낸 소정이는 그 골목의 푸릇함을
영원히 기억하지 못하겠죠.

Q.《나의 사탄》을 다 쓰고 나서, 작가님
자신에게 가장 오래 남은 문장이나 장면이
있나요?

A. 소정이와 Y가 지하철에서 처음
대화를 주고받는 장면이 계속 남았는데요.
꼬인 줄 이어폰을 꽂고 시집을 읽고 있는
Y와 우물쭈물 구실을 만들어 말을 거는 소정,
한강 위를 지나는 지하철, 눈 내리는 창밖.
그 모든 게 너무 생생하게 그려졌던 탓인 것
같아요. 그 장면을 쓰면서부터 마지막 장면을
떠올려서 그런지, "첫눈인가요?"라는 대사를
쓰면서 너무 설렜던 기억도 있네요.

Q. 작가님만의 글쓰기 루틴이나 징크스가
있다면요?

A. 놀라울 정도로 없습니다. 새벽에 쓰면
너무 감상적인 글이 써지는 탓에 주로 낮에
쓰는 편인데, 그것 말고는 정말 없습니다.
듣는 노래도 그때그때 다르고 글을 쓰는
장소도 매일 달라요. 어디든 노트북 하나만
던져주면 저는 글을 씁니다. 이렇게 말하고
보니 최고인 것 같네요. 아, 다만 소음이
심하면 집중하기가 힘들어요. 그래서 노이즈
캔슬링이 되는 이어폰을 들고 다니곤 합니다.

Q. SNS로 독자분들과 자주 소통하시는
편인데, 가장 기억에 남는 독자 반응이 있다면
무엇인가요?

A. 이 질문엔 언제나 같은 답을 합니다.
제 글을 읽고 삶을 살아가기로 선택한
사람들이 늘 기억에 남아요. 책에 대해
비판을 받을 때면 자존감이 한없이 내려가
내가 책을 괜히 썼나, 더 잘 써야 했나 싶은
생각이 들어요. 제가 가장 인상 깊었던
후기들을 모아놓은 파일이 있는데요, 그럴
때마다 그 파일을 꺼냅니다. 정말 다양한
말들이 절 위로해줘요. 책을 읽고 살아야겠다
결심한 사람, 꿈을 찾았다는 사람, 인생 책이
되었다는 사람. 그럼 아쉬운 마음을 약간
뒤로한 채 '그래도 쓰길 잘했다' 하고 다음
책을 써나갈 용기를 얻습니다. 작가는 독자로

인해 살아가는 사람이잖아요. 저한테는 독자분들이 그 이상의 의미를 지니고 있습니다.

Q. 마지막 장면은 다시 시작일 수도, 또 다른 추락일 수도 있게 읽힙니다. 작가님은 이 결말을 어떤 마음으로 쓰셨나요? 독자들이 마지막에 어떤 마음으로 책장을 덮었으면 하시는지도 궁금합니다.

A. 어떤 하나로 정의되지 않는 감정이 남았으면 좋겠어요. 달리 말하면 여운이죠. 많이 고민해보셨으면 좋겠어요. Y는 정말 악이었을지, 소정이의 선택은 행복을 위한 것일지, 불행을 위한 것일지. 저는 돌이켜보면 주인공들의 행복을 바라는 작가는 아닌 것 같아요. 소정이가 행복했으면 하는 바람으로 쓴 결말은 아니고, 그저 소정이가 자신의 선택에 책임을 질 수 있는 어른으로 자랐으면 하는 마음으로 썼습니다.

Q. 작가의 말에서 "당신은 사랑을
믿나요?"라고 물으셨는데요, 같은 질문을
작가님께 드리고 싶어요.

A. 저는 사랑을 믿습니다. 사랑이 한
사람을 얼마나 변화시킬 수 있고, 얼마나
행복하게 할 수 있는지, 또 얼마나 망칠 수
있는지 알고 있기 때문이에요. 저는 '사람'과
'사랑'의 단어가 비슷한 게 우연이 아니라고
믿고 싶은 사람이기도 합니다. 사람은
무엇으로 살아가나. 이 질문이 머릿속에 맴돌
때가 많은데요, 그럴 때마다 저는 스스로에게
이렇게 답하곤 합니다.
'사람은 사랑으로 살아가. 사랑하며
살아야 해.'

한 조각의 문학, 위픽 wefic

구병모　《파쇄》
이희주　《마유미》
윤자영　《할매 떡볶이 레시피》
박소연　《북적대지만 은밀하게》
김기창　《크리스마스이브의 방문객》
이종산　《블루마블》
곽재식　《우주 대전의 끝》
김동식　《백 명 버튼》
배예람　《물 밑에 계시리라》
이소호　《나의 미치광이 이웃》
오한기　《나의 즐거운 육아 일기》
조예은　《만조를 기다리며》
도진기　《애니》
박솔뫼　《극동의 여자 친구들》
정혜윤　《마음 편해지고 싶은 사람들을 위한 워크숍》
황모과　《10초는 영원히》
김희선　《삼척, 불멸》
최정화　《봇로스 리포트》
정해연　《모델》
정이담　《환생꽃》
문지혁　《크리스마스 캐러셀》
김목인　《마르셀 아코디언 클럽》
전건우　《양심》
최양선　《그림자 나비》
이하진　《확률의 무덤》
은모든　《감미롭고 간절한》
이유리　《잠이 오나요》
심너울　《이런, 우리 엄마가 우주선을 유괴했어요》
최현숙　《창신동 여자》

연여름　《2학기 한정 도서부》
서미애　《나의 여자 친구》
김원영　《우리의 클라이밍》
정지돈　《현대적이라고 말할 수 없는 죽음들》
이서수　《첫사랑이 언니에게 남긴 것》
이경희　《매듭 정리》
송경아　《무지개나래 반려동물 납골당》
현호정　《삼색도》
김　현　《고유한 형태》
이민진　《무칭》
김이환　《더 나은 인간》
안　담　《소녀는 따로 자란다》
조현아　《밥줄광대놀음》
김효인　《새로고침》
전혜진　《고르디우스의 매듭을 자르면》
김청귤　《제습기 다이어트》
최의택　《논터널링》
김유담　《스페이스 M》
전삼혜　《나름에게 가는 길》
최진영　《오로라》
이혁진　《단단하고 녹슬지 않는》
강화길　《영희와 제임스》
이문영　《루카스》
현찬양　《인현왕후의 회빙환을 위하여》
차현지　《다다른 날들》
김성중　《두더지 인간》
김서해　《라비우와 링과》
임선우　《0000》
듀　나　《바리》
한유리　《불멸의 인절미》
한정현　《사랑과 연합 0장》
위수정　《칠면조가 숨어 있어》
천희란　《작가의 말》
정보라　《창문》
이주란　《그때는》
김보영　《헤픈 것이다》
이주혜　《중국 앵무새가 있는 방》

정대건 《부오니시모, 나폴리》
김희재 《화성과 창의의 시도》
단 요 《담장 너머 버베나》
문보영 《어떤 새의 이름을 아는 슬픈 너》
박서련 《몸몸》
금정연 《모두 일요일이야》
박이강 《잡 인터뷰》
김나현 《예감의 우주》
김화진 《개구리가 되고 싶어》
권김현영 《수신인도 발신인도 아닌 씨씨》
배명은 《계화의 여름》
이두온 《돈 안 쓰면 죽는 병》
김지연 《새해 연습》
조우리 《사서 고생》
예소연 《소란한 속삭임》
이장욱 《초인의 세계》
성해나 《우리가 열 번을 나고 죽을 때》
장진영 《김용호》
이연숙 《아빠 소설》
서이제 《바보 같은 춤을 추자》
권희진 《일단 믿는 마음》
정이현 《사는 사람》
함윤이 《소도둑 성장기》
백세희 《바르셀로나의 유서》
이현석 《고백의 시대》
임솔아 《엄마 몰래 피우는 담배》
김유원 《와이카노》
백온유 《연고자들》
김 홍 《곰-사냥-인간》
김유나 《공》
권혜영 《그냥 두세요》
박지영 《찰스 부코스키 타자기》
신 민 《추분》
이미상 《셀붕이의 도》
백은별 《나의 사탄》

위픽은 위즈덤하우스의 단편소설 시리즈입니다.
'단 한 편의 이야기'를 깊게 호흡하는
특별한 경험을 선사합니다.

이 작은 조각이 당신의 세계를 넓혀줄
새로운 한 조각이 되기를.
작은 조각 하나하나가 모여
당신의 이야기가 되기를.

당신의 가슴에 깊이 새겨질
한 조각의 문학, 위픽

위픽 도서 보기
인스타그램 @wefic_book

 - 101

나의 사탄

초판 1쇄 인쇄 2026년 4월 10일
초판 1쇄 발행 2026년 4월 29일

지은이 백은별
펴낸이 최순영

출판2 본부장 박태근
스토리 팀장 김소연
편집 곽선희 김다인 김해지
디자인 이세호

펴낸곳 ㈜위즈덤하우스　**출판등록** 2000년 5월 23일 제13-1071호
주소 서울특별시 마포구 양화로 19 합정오피스빌딩 17층
전화 02) 2179-5600　**홈페이지** www.wisdomhouse.co.kr

ⓒ 백은별, 2026

ISBN 979-11-7591-068-3 04810
　　　　979-11-6812-700-5 (세트)

값 13,000원